GO
HAIE SIND

Spiel mit Biss

GESCHRIEBEN VON
ANDREAS SCHLÜTER
UND IRENE MARGIL

MIT BILDERN
VON
MICHAEL VOGT

KJB

Liebe Leser, liebe Leserinnen,
diese Geschichte ist frei erfunden.
Nichts davon ist wirklich passiert.

Wir danken Zeljko Ristic, ehemaliger Jugendtrainer bei Hertha BSC und heute Streetworker, für seine fachliche Beratung. Er gehört in Berlin zu einem Organisations-Team, das regelmäßig Straßenfußball-Touren veranstaltet.

Dieser Titel ist auch als Hörbuch im Handel erhältlich.

3. Auflage: Februar 2018

Erschienen bei FISCHER KJB

Umschlaggestaltung: GarstenYoung Marketing, Kommunikation für junge Zielgruppen, unter Verwendung einer Illustration von Michael Vogt

Satz: pagina GmbH, Tübingen

Druck und Bindung: CPI books GmbH, Leck

Printed in Germany

ISBN 978-3-7373-5199-7

INHALT

Kapitel 1

DAS FREUNDSCHAFTSSPIEL

Fertig umgezogen saß Pedro in der Umkleidekabine und wartete gespannt. Nur noch wenige Minuten bis zum Beginn des Freundschaftsspiels seines Vereins gegen den SC Grün. Und noch immer hatte der Trainer die Aufstellung nicht verraten.

Bis auf Zachi, der eine Grippe auskurierte, waren die übrigen Fußball-Haie zum Anfeuern gekommen und standen dick eingepackt mit Mützen und Handschuhen draußen am Spielfeldrand.

„Bestimmt klappt es diesmal“, hatte Tim ihm noch zugerufen, bevor Pedro in die Kabine gegangen war. Aber vermutlich würde er mal wieder nur die Bank wärmen. Bisher hatte ihn der Trainer immer nur ab und zu eingewechselt.

Pedro hörte aufmerksam zu, welche Spieler der Trainer jetzt für die Startformation aufrief.

„Porky?“, sagte der Trainer.

Porky hob selbstbewusst die Hand und grinste. Er würde spielen. War doch klar.

„… du bist diesmal auf der Bank!“

„Wie? Also … was?“, stotterte Porky und schaute hilfesuchend zu Ulf hinüber.

Ulf, ihr Spielmacher und Kapitän. Er hatte im Team das Sagen, war auch der Anführer der ‚Knödel‘ auf dem Bolzplatz und somit der größte Feind der Fußball-Haie.

Seinetwegen hatte Pedro sogar schon überlegt, den Verein zu verlassen und nur noch auf seinem Bolzplatz, dem ‚Sparri‘, zu spielen. Dort hatte er sich mit seinen Fußball-Haien schon öfters gegen Ulf und die Knödel behaupten können. Im Verein aber schien das aussichtslos.

Die Fußball-Haie nannten Ulf und sein Gefolge nur die ‚Knödel', weil deren muskelbepackte Beine wirkten, als ob darin Semmelknödel steckten.

Aber Pedro hatte nie aufgegeben, hatte hartnäckig trainiert, immer in der Hoffnung, eines Tages auch im Verein zeigen zu können, was er draufhatte.

„Heute spielt Pedro von Anfang an!", sagte der Trainer nun und notierte etwas auf seinem Zettel.

Pedros Herz schlug Purzelbäume. Am liebsten wäre er aufgesprungen und hätte laut „JAAAAA!" gebrüllt.

Aber er blieb sitzen und sagte nur, so cool er konnte: „Okay!"

„Der Spargel?" Ulf sah abfällig zu Pedro. „Wie soll der sich denn gegen die kräftigen Gegner behaupten?"

„Wie wär's zur Abwechslung mal mit Technik, Spielwitz und Intelligenz!", antwortete der Trainer.

Jeder wusste, worauf er anspielte. Porky kam eigentlich vom Rugby. Und so spielte er auch Fußball. Immer erst den Mann und danach den Ball.

Pedro dagegen war flink und fand meistens einen Weg am Gegner vorbei zum Tor.

Porky und Ulf sahen Pedro böse an.

„Yeah!", brüllten die anderen Haie und spendeten lauten Beifall, als Pedro aus der Kabine kam und auf den Platz lief, während Porky in dickem Trainingsanzug und Winterjacke zur Ersatzbank ging.

„Na, einen eigenen Fanclub hast du ja schon!", sagte der Trainer zu Pedro und lächelte.

„Pah!" Porky ließ sich genervt auf die Bank plumpsen.

Doch Ulf gab sich nicht so schnell geschlagen.

Er war ihr Spielmacher und somit auch für die wichtigen Pässe und die Ballverteilung zuständig. Nur Pedro ließ er dabei aus. Egal, wie gut Pedro sich auch freilief und sich lautstark anbot, Ulf spielte ihn kein einziges Mal an.

Die Fußball-Haie am Rand protestierten und pfiffen Ulf aus.

„Ey, Alter! Pennst du?“, brüllte Mehmet und zeigte immer wieder auf den freistehenden Pedro.

„Hast du Knödel auf den Augen?“, riefen die Zwillinge Tim und Tom.

Auch dem Trainer waren Ulfs absichtliche Nicht-Pässe natürlich aufgefallen. Entsprechend laut fiel die Standpauke in der Halbzeit aus.

„Kannst du mir mal erklären, was der Mist soll?“, schimpfte er. „Siehst du denn nicht, dass Pedro sich immer wieder vor dem Tor freiläuft? Deinetwegen geben wir unseren Sieg noch aus der Hand!“

Ulf schaute betreten zu Boden. Doch als der Trainer sich wegdrehte, traf Pedro Ulfs böser Blick. Vermutlich hätte Ulf trotz der Kritik seines Trainers auch in der zweiten Halbzeit so weitergemacht. Aber dazu kam er nicht. Denn die Gegner kehrten mit einer völlig anderen Einstellung auf den Platz zurück. Offenbar hatte es auch bei denen in der Kabine ordentlich gescheppert. Plötzlich spielten sie aggressiv, viel schneller und brandgefährlich. Pedros Team blieb kaum Zeit zum Luftholen. Nur im Abschluss hatten die Gegner Pech. Zweimal trafen sie die Latte.

So konnte Pedros Mannschaft die Führung bis zum Ende retten.

Angesäuert empfing der Trainer sie in der Kabine.

„Mann, Mann, Mann!“, schimpfte er. „Zum Glück nur ein Freundschaftsspiel. Da haben wir nach der Winterpause in zwei Wochen eine

Menge Arbeit vor uns. Vor allem du, Ulf. Das war unterirdisch heute!“

Ulf sagte nichts, sondern feuerte nur sein Trikot in die Ecke.

Nach dem Duschen ging er extra dicht an Pedro vorbei und rief Porky zu: „Komm, Porky, hier stinkt’s, wir gehen!“

Porky folgte wie immer gehorsam und knallte die Tür hinter sich zu.

Der Trainer kam auf Pedro zu, legte ihm die Hand auf die Schulter und versprach: „Ich weiß, Ulf hat dir heute das Leben schwergemacht. Dafür hast du gut gespielt. Besonders in deinem Abwehrverhalten. Gut gemacht!“

„Danke!“, sagte Pedro und wurde draußen von seinen Fußball-Haien freudig empfangen.

„Es hat gut gegangen, Amigos!“, rief Juan in die Runde. „Ich habe neue Ball geschenkt bekommen. Wir spielen Mittwoch auf Sparri zum Ausprobieren?“

„Wie? Und das sagst du uns erst jetzt?“, wunderte sich Mehmet. „Weihnachten ist doch schon zwei Wochen her!“

„Weihnachten?“, sagte Juan lachend. „Hallo! Ich Spanier. Geschenke bei uns es gibt zu Heilige Drei Könige, also 6. Januar.“

„Ach so“, sagte Mehmet. „Gut. Dann sehen wir uns also alle Mittwoch auf dem Sparri!“

* * *

Als die Fußball-Haie am Mittwochmorgen aus dem Fenster schauten, blickten sie auf eine einzige weiße Pracht. Mindestens zehn Zentimeter Neuschnee waren gefallen!

„Wow!“ Pedro konnte sich gar nicht schnell genug anziehen, um hinaus auf die Straße zu laufen und mit Zachi, Max und Mehmet vor der Schule noch schnell eine anständige Schneeballschlacht zu veranstalten.

In der Schule bedankte Juan sich noch mal

ausdrücklich bei Pedro. Der hatte nämlich gemeinsam mit dem Argentinier Diego, der alles ins Spanische übersetzte, auf Juans Eltern eingeredet, um sie davon zu überzeugen, wie dringend die Fußball-Haie einen orangeroten Ball brauchten. Das Spielen auf einer weißen Schneedecke war ohnehin schon schwierig genug. Darum war es besonders wichtig, den Ball gut sehen zu können, was bei einem weißen Ball auf weißem Schnee natürlich nicht der Fall war.

Und dann war es endlich soweit.

Pünktlich trafen sich alle Haie nach der Schule auf dem Bolzplatz nebenan. Denn sie hofften, dass die Schneedecke des Platzes noch unberührt sein würde und sie gemeinsam die ‚Schnee-Saison' einläuten konnten.

Sogar Zachi war wieder dabei. Mit einer neuen, knallroten Pudelmütze und nagelneuen Winter-Torwarthandschuhen, die er zu Weihnachten bekommen hatte:

„Mega Winter Grip Roll Finger!“, las Zachi die Produktbeschreibung vor und zeigte die Handschuhe herum. Viel mehr als Zachis Handschuhe interessierte alle aber Juans neuer Ball.

Diego rückte seine Brille zurecht und inspizierte ihn eingehend.

„Gute Qualität“, murmelte er und reichte den Ball an Bobby weiter. Der polierte ihn mit seinem Unterärmel und nickte nur.

„Schuper! Echt Schuper!“, freute sich Zachi, nachdem er mit seinen neuen Handschuhen über die Oberfläche des Balls gestrichen hatte. Seine Zahnklammer glänzte. Sein Weihnachtswunsch, das Ding endlich loszuwerden, das ihn beim Sprechen so behinderte, war nicht in Erfüllung gegangen.

„Also los, vamos!“, sagte Juan.

„Nix vamos!“, rief ihnen eine Stimme zu. „WIR sind dran!“

„Oh-oh!", stöhnte Max.

Gerade hatten sie gemeinsam feierlich den unberührten Schneeplatz betreten wollen, da standen plötzlich Ulf und Porky vor ihnen.

„Wir sind jetzt dran. Schon vergessen?", erinnerte Pedro die beiden Knödel.

„Das war mal!", behauptete Ulf. „Aber jetzt durftest du ja statt Porky im Verein spielen. Dafür trainiert Porky heute hier, und ihr verschwindet!"

Porky grinste breit.

„Jetzt gebt endlich Hackendampf!", sagte er und lachte blöd.

„Hackendampf?", fragte Juan. „Was ist Hackendampf?" Juan sprach und verstand mittlerweile ziemlich gut Deutsch. Zumindest auf dem Platz konnte er sich schon gut verständlich machen.

Doch Porky machte sich nur über ihn lustig: „Verstehst du nicht, du Spaghetti?"

„Ich Spanier, kein Italiener, tu tonto!“, erwiderte Juan.

„Hä?“ Porky sprach natürlich kein Wort Spanisch und merkte nicht, dass Juan ihn gerade einen Dummkopf genannt hatte. „Hackendampf! Verstehste nicht? Verschwinde, dass die Socken qualmen!“

Doch dann rief noch jemand über den Platz.

Alle drehten sich um. Über die Straße hinweg, vor der Tür der Sozialstation der ‚Konfettis‘, hatte Bernd, einer der Sozialarbeiter, seine Hände wie einen Trichter vor den Mund gelegt und rief Ulf und Porky zu sich. „Kommt ihr mal? Wir müssen etwas besprechen!“

Ulf zog die Stirn kraus, ging dicht an Pedro heran und zischte: „Glück gehabt, Kleiner. Aber wir sind bald wieder da!“

„Adios!“, rief Juan Porky zu und winkte.

Als die beiden außer Sichtweite waren, zog Uhuru einen Zettel aus der Tasche.

„Schaut mal hier! Die Stadt lädt zu einem großen Winter-Straßenfußball-Turnier ein! In acht Tagen ist es soweit!"

„Endlich mal wieder wasch losch, schuper!" Zachi reckte jubelnd die Faust in die Luft.

„Yeeeeah!", grölte Max und klatschte mit Diego und Dimitri ab.

„Die Trainer der Vereine sind ausdrücklich dazu eingeladen, damit sie sehen, wie toll sich der Straßenfußball in Berlin entwickelt hat", erklärte Uhuru weiter.

Vielleicht kam ja auch ihr Trainer von Grau-Weiß?, überlegte Pedro. Dann würde er ihm mal zeigen können, dass er noch viel mehr draufhatte.

„Alter, das ist ein Bolzplatz-Turnier!", meckerte Mehmet. „Was haben dort die Vereinstrainer zu suchen?"

Mehmet konnte Trainer nicht leiden. Sogar bei Tatty, der den Fußball-Haien am Anfang viele tolle Tipps gegeben hatte, brauchte er eine Weile, bis er mit ihm klargekommen war.

Obwohl Tatty sich schon bald darauf wieder von Berlin hatte verabschieden müssen, hielten sie sich noch immer an sein Motto: phantasievoll und kreativ bleiben, im Leben und auf dem Platz. Damit hatten sie sich schon aus so einigen verzwickten Situationen retten können.

„Kann doch nicht schaden, wenn die Trainer uns auch mal auf dem Bolzplatz erleben“, fand Pedro und versprach allen: „Das wird bestimmt ein Riesending! Aber jetzt lasst uns endlich anfangen zu spielen. Sonst frieren uns noch die Zehen ab!“

„Genau!“, stimmte Diego ihm zu. „Ich hab schon Eiszapfen an der Nase.“

„Was sind Eiszapfen?“, fragte Juan.

„Arschkalt“, antwortete ihm Diego, der gerade keine Lust auf eine richtige Übersetzung hatte.

„Arsch! Kalt!“, sagte Juan lachend.

Endlich konnten die Fußball-Haie mit dem Training loslegen. Juans neuer Ball flog pfeilschnell über den Platz. Orangerot stach er aus dem schneeweißen Feld hervor. Im Sekundentakt ballerten sie auf Zachis Tor, bis seine neuen Torwarthandschuhe alles andere als neu aussahen. Aber Pedro hatte tatsächlich den Eindruck, dass Zachi noch nie so gut gehalten hatte. Dann teilten sie sich wie gewohnt in zwei Mannschaften auf und machten das erste Trainingsspiel für das große Bolzplatz-Turnier.

TAKTIKWECHSEL

Am nächsten Morgen blickte Pedro aus dem Fenster. Klasse! Über Nacht hatte der Schnee die Stadt erneut in eine weiße Märchenlandschaft verwandelt.

Verschiedene Spuren im Schnee verrieten, dass sich auf dem Sparri in den letzten Stunden einige Tiere aufgehalten hatten. Ob die auch Fußballspielen wollten?, dachte Pedro grinsend, während er zur Schule stapfte.

Als er Max und Zachi an der Ecke traf, gab's erst mal wieder eine zünftige Schneeballschlacht. Sie mussten aufpassen, darüber nicht die Zeit zu vergessen und pünktlich im Unterricht aufzutauchen.

Pitschnass patschten sie in den Klassenraum, hängten die Jacken über die Stuhllehnen und packten ihre Hefte aus.

„Mischt!", fluchte Zachi. Er hatte vergessen, seinen Rucksack richtig zuzumachen. Er zog seinen nassen Atlas aus der Tasche und legte ihn auf die Heizung.

Die Lehrerin, Frau Bertold, begann mit dem Unterrichtsfach, das Pedro, Zachi und Max am wenigsten mochten. Deutsch. Vorlesen üben. Das war für Zachi mit seiner Zahnklammer natürlich extrem blöde.

Aber irgendwann ging auch dieser Schultag zu Ende. Die drei rasten so schnell nach Hause, wie es nur ging. Denn gleich nach Schulschluss waren sie wieder mit Juan auf dem Sparri verabredet.

Pedro schleuderte seine Schulsachen in die Ecke seines Zimmers, zog sich Wintersportzeug an und düste sofort runter zum Platz.

Juan wartete dort bereits. Und auch Zachi kam um die Ecke gerannt.

Die orange Farbe von Juans Ball hob ihn leuchtend vom Schnee ab.

„Heute gibt'sch wohl Rutschball",
sagte Zachi und spuckte eifrig in seine Torwarthandschuhe.

Da kamen auch schon Mehmet und Dimitri. Das hieß, zuerst kamen ihre Schneebälle angeflogen, die Zachi lässig an seinen Handschuhen abklatschen ließ. Dann erst tauchten die beiden auf dem Platz auf.

Zehn Minuten später waren auch Tim, Tom, Bobby, Max und Diego da.

Bloß Uhuru fehlte. Was aber niemanden störte, denn Uhuru kam immer etwas zu spät.

Und kaum hatten sie zu spielen begonnen, kam Uhuru auch schon angehetzt.

„Hey Leute, sorry. Aber ich …", wollte er sich gerade entschuldigen.

Doch Mehmet würgte ihn ab. „Schon gut, Alter! Achtung!“

Im selben Moment sauste der orange Ball durch die Luft auf Uhuru zu, der blitzartig reagierte, den Ball mit der Brust stoppte und ihn volley auf Zachis Kasten drosch.

Unhaltbar schlug er im rechten oberen Winkel ein.

Uhuru reckte die Siegerfaust.

„Ach!“, sagte Diego. „Haben wir dir schon gesagt, dass du heute bei Zachi in der Mannschaft spielst? Sauberes Eigentor!“

„Was?!?“, fragte Uhuru entsetzt.

Aber es war nur ein Scherz gewesen, über den alle herzlich lachten.

Dann sauste plötzlich etwas Schwarzes auf den Platz.

„Hey! Was?“, rief Zachi völlig verdattert.

Ein kräftiger, pechschwarzer Hund stürzte, schneller als Zachi gucken konnte, auf den

Ball, den Zachi gerade zu Pedro hatte passen wollen.

Zachi blieb vor Schreck regungslos stehen.

Der Hund bremste ab, schlidderte zuerst am Ball vorbei, drehte dann aber sofort wieder um und – biss zu!

„Pfffffft!“, machte Juans neuer Ball.

Der Hund schleuderte seinen Kopf mit dem Ball im Maul hin und her, als wollte er ein Kaninchen erlegen. Dann ließ er den Ball kurz fallen und biss wieder zu. Und wieder. Und wieder.

Pedro zuckte jedes Mal zusammen.

Die Fußball-Haie standen vor Angst wie zu Eissäulen erstarrt da, gespannt, wen sich die Bestie wohl als nächstes Opfer aussuchen würde.

Doch der Hund trottete nun brav davon und legte die Beute vor die Füße seines Herrchens: Porky!

„Ja, braaaav!“, lobte Porky die Bestie. „Was bringst du denn da Feines, Fletscher!“

Hinter Porky tauchte der grinsende Ulf auf.

„Wir wollten nicht weiter stören!“, rief Ulf den Haien zu, die noch immer wie festgefroren dastanden. „Tschaui!“

Porky nahm den Hund wieder an die Leine. Und dann zogen alle drei davon. Das Gelächter hörten die Haie noch aus weiter Ferne.

Pedro konnte es nicht fassen. Nicht einmal, als Juan den Ball mit dem Loch aufhob.

„Seht doch!“, jammerte er mit Tränen in den Augen. „Das gibt viel Ärger zu Hause!“

„A...a...a...alter. Ddddda... dadas war ein Pitbull-Terrier!“, stotterte Dimitri.

„Seit wann hat Porky denn einen Kampfhund?“, fragte Max.

„Bestimmt ist das der von seinem Bruder“, vermutete Mehmet. „Der war vor kurzem mit dem Hund bei uns im ‚Dönerhimmel‘. Mein Vater hat ihm sofort mit Hausverbot gedroht, wenn er den Köter nicht draußen anleint!“

„Was für ein Spinner!“, sagte Diego. „Pommes kaufen mit so einem Monster! Braucht der nicht einen Maulkorb?“

„Porkys Bruder?“, fragte Mehmet. „Nee, aber im Ernst. Der Hund kann ja nichts dafür, dass sein Herrchen plemplem ist!“

„Aber gefährlich ist so eine Killerbestie trotzdem“, beharrte Tim.

„Was ist plemplem?“, fragte Juan.

„Nur Luft hier oben!“, erklärte Diego und zeigte auf seine Stirn.

Juan drehte den Ball in seinen Händen. „Meine Eltern werden sein sehr böse. Ich habe Ball doch erst neu!“

„Da hast du recht, Juan!“, pflichtete Pedro ihm bei. „Hört mal zu, Leute. Was haltet ihr davon: Wir treiben das Geld für einen neuen Ball auf. Dann kann Juan einen Ersatz kaufen, noch bevor seine Eltern etwas merken.“

Alle Haie waren einverstanden, obwohl keiner

von ihnen eine Ahnung hatte, wo sie das Geld dafür herbekommen sollten.

„Pfandflaschen sammeln und abgeben!“, schlug Bobby vor. „Wer macht mit?“

„Ich!“, antwortete Dimitri sofort. „Ich weiß auch, wo wir welche finden!“

„Und ich helfe dem Hausmeister im Hotel. Mein Vater sagt, bei dem gibt es gegen ein Taschengeld immer etwas zu tun“, sagte Diego. Sein Vater arbeitete dort an der Rezeption.

„Gute Idee!“, lobten Tim und Tom. „Dann werden wir die Wege in unserer Schrebergarten-Kolonie freischippen! Das gibt bestimmt auch ein Taschengeld vom Vorsitzenden!“

Uhuru wollte für die Nachbarin einkaufen, die sich bei der Glätte bestimmt nicht auf die Straße traute, und Mehmet wollte die Gäste, die in den Imbiss kamen, fragen, ob sie bei irgendetwas Hilfe brauchten. Max plante, seine Schwester beim Treppenhausputzen abzulösen, und Juan wollte mit Zachi an der Supermarktkasse helfen, die Tüten zu packen oder für ältere Menschen nach Hause zu tragen. In zwei Tagen wollten sie abrechnen und schauen, wie viel Geld sie zusammenbekommen hatten.

„Ich hole erst mal meinen alten Ball!“, bot Pedro an und flitzte los.

Als er ihn zu Hause aus dem Schrank fischte, fiel sein Blick auf das Sparschwein im Regal.

„Okay, es muss sein!“, entschied er sich.

Pedro legte ein Tuch auf sein Sparschwein, damit der Lärm nicht durch die ganze Wohnung schallte. Mit geschlossenen Augen schlug er mit dem Hammer auf das Tuch. Schnell sammelte Pedro die Münzen und einen Fünfeuroschein auf und zählte. Insgesamt 18,50 Euro. Die würde er für Juans neuen Winterball hergeben!

Er war gespannt, ob auch die anderen in zwei Tagen schon erste Ergebnisse vorweisen konnten.

* * *

Stolz zeigte Pedro am übernächsten Nachmittag auf dem Sparri seine 18,50 Euro vor.

„Wow!“, staunte Zachi. „Dasch ischt echt groschtschügig von dir!“

Die anderen hatten insgesamt 9,75 Euro zusammenbekommen. Noch bevor Mehmet den Taschenrechner auf seinem Smartphone aufrufen konnte, hatte Pedro die Summe im Kopf ausgerechnet: 28,25 Euro.

Juans Ball hatte allerdings 75 Euro gekostet. Da lag noch eine Menge Arbeit vor ihnen.

„Aber wir dürfen auch das Turnier nicht vergessen!“, mahnte Bobby. „Ich hab mir dazu etwas überlegt: Alle Gegner wissen, wie stark wir im Kurzpass-Spiel sind. Ist doch klar, dass sie sich alle darauf einstellen. Wie wäre es stattdessen mit einer Überraschung?“

„Kreativ sein!“, ahmte Uhuru ihren ehemaligen Trainer Tatty nach.

„Genau!“, sagte Bobby. „Statt Kurzpass-Spiel lange Pässe und Torschüsse aus der Distanz! Das erwartet niemand von uns!“

„Kick and rush!“, meckerte Mehmet. „Kennt man doch von euch Engländern. Einfallslos. Deshalb fliegt ihr auch bei jedem Turnier raus!“

„Immer noch besser als die Türkei“, konterte Bobby. „Ihr schafft oft nicht mal die Qualifikation!“

„Hey!“, ging Pedro dazwischen. „Wir sind keine Nationalmannschaft, sondern die Haie. Vielleicht hat Bobby recht. Distanzschüsse erwartet niemand von uns. Schon gar nicht bei den kleineren Toren auf dem Bolzplatz. Unsere Schüsse müssen aber hart und platziert sein.“

„Wir können es ja mal probieren. Ich bin dafür, und ihr?“, fragte Diego und hielt den anderen die Hand entgegen.

Alle klatschten ab. Die Jungs legten sofort

los. Bobby hatte sich vorbereitet. Aus einer mitgebrachten Tasche holte er einige leere Getränkedosen hervor und stellte sie auf die Latte des Tores. „Also, wer fängt mit dem Zielschießen an?"

Mehmet schoss. Daneben. Er holte den Ball und spielte ihn zu Max. Auch der traf keine der fünf aufgebauten Dosen.

„Mist! Ob diese Idee wirklich so gut ist?", schimpfte Max.

DER SPIELZERSTÖRER

Obwohl alle voll bei der Sache waren, landeten auch die anderen keinen Treffer. „Unseren Plan können wir vergessen!“, behauptete Dimitri genervt. „Wir ballern alle ständig daneben!“

„VORSICHT, DIMITRI!“, brüllte Mehmet, als er den Ball aus der Ecke des Platzes zurückholen wollte.

Dimitri zuckte zusammen und schaute sich um. Ein schwarzes Etwas schoss an ihm vorbei. Dimitri verlor das Gleichgewicht und fiel in den Schnee.

Das schwarze Etwas war Porkys Killerbestie.

Innerhalb von Sekunden hatte der Hund sich auch diesen Ball geschnappt und zerbiss ihn!

Diesmal aber beließ er es nicht bei einem Ball. Kaum hatte er seine Aufgabe erledigt, drehte er um und jagte auf die anderen Bälle zu, die die Haie im Tor abgelegt hatten.

Dimitri rappelte sich halb auf und sprang beiseite, aus Angst, sonst von dem Bullterrier angegriffen zu werden.

Mehmet erkannte zu spät, was die Bestie vorhatte. Jetzt erst sah er es und schrie: „Unsere Bälle!“

Aber da hatte das Killermonster schon zugeschlagen. Gerade zerfetzte er Mehmets Ball. Anschließend schnappte er sich den von Tim und Tom.

„Oh nein!“, brüllten die beiden gleichzeitig.

Als er Diegos Ball plattmachte, gellte ein Pfiff über den Platz.

Der Hund brach seine Aktion abrupt ab, drehte um und verschwand so blitzartig, wie er aufgetaucht war. Mehmet, Diego und die

Zwillinge betrachteten ihre völlig zerstörten Bälle mit gesenkten Köpfen.

Pedro hatte schneller geschaltet. Er holte seinen Ball unter dem Pulli hervor, wo er ihn gerade noch rechtzeitig hatte verstecken können.

„Ab morgen stellen wir Wachposten auf", schlug Uhuru vor. „Noch mal lassen wir uns von dem Biest nicht überraschen!"

„Ich schwöre, das passiert uns nie wieder!", versprach Diego. „Aber einen Ball haben wir ja noch."

Er nahm Pedros Ball und legte ihn sich zurecht.

„Die Dose ganz links!", kündigte er an, zielte und schoss aus dem Stand.

Ein Scheppern tönte über den Platz.

Alle Haie klatschten Beifall.

„Geht doch, Leute!", sagte Mehmet grinsend.

Noch fünf Mal wurde im weiteren Verlauf des

Trainings eine der Dosen getroffen. Das ließ hoffen für das Turnier.

Auch das folgende Treffen der Haie am nächsten Tag im ‚Dönerhimmel' verlief erfolgreich. Nachdem alle ihr gesammeltes und gespendetes Geld auf den Tisch geschüttet hatten, zählte Mehmet und verkündete: 64 Euro und 78 Cent."

„Reicht leider noch immer nicht ganz für Juans neuen Ball!", stellte Tim enttäuscht fest.

„Doch! Jetzt schon!" Mehmets Vater legte einen Zehneuroschein auf den Tisch. „Meine Spende!"

„Muchas gracias!" Juans Augen strahlten. Noch hatten seine Eltern den Verlust seines Balls nicht bemerkt. Jetzt konnte er losziehen und einen neuen kaufen. „Muchas gracias a todos!"

„Vielen Dank euch allen!", übersetzte Diego.

„Das haben wir schon verstanden, Alter!", sagte Mehmet.

Trotzdem kam keine richtige Begeisterung bei den Haien auf.

Tim sprach aus, was alle dachten: „Mittlerweile haben auch Mehmet, Diego, Tom, Max und ich ihre Bälle verloren."

„Dann wir müssen noch mehr Geld sammeln!", sagte Juan.

„Genau! Und zum Trainieren haben wir dann ja zwei Bälle: Pedros und den neuen von Juan!", stimmte Max ihm zu.

Juan sah aber auch seinen neuen Ball wieder der Bestie zum Opfer fallen.

„Und was ist mit Hund?", fragte er.

„Wir haben doch Wachen!" erinnerte Uhuru ihn. „Da kann gar nichts passieren."

Aber das war natürlich ein Trugschluss. Dass doch etwas passieren konnte, zeigte sich gleich bei ihrem nächsten Training.

* * *

„Das darf doch nicht wahr sein!“ Pedro konnte nicht glauben, was er sah, als sie den Sparri erreichten.

In der Mitte des Platzes thronte Porkys Bullterrier, an einer gut zwanzig Meter langen Leine festgemacht!

„Von wegen Wacheschieben“, murmelte Tim mit Blick auf Uhuru. „Das erledigt die Killerbestie schon.“

Von Ulf und Porky war weit und breit nichts zu sehen.

„Die haben Fletscher hiergelassen, um den Platz zu besetzen!“ Tom war fassungslos.

„Alter, das Biest beherrscht ja den ganzen Sparri!“, rief Mehmet entsetzt.

„Nicht ganz!“, sagte Uhuru und zeigte auf ein kleines Fleckchen in der Ecke des Platzes. „An den Spuren im Schnee kann man sehen, dass Fletscher dort nicht hinkommt.“

„Da trainieren wir jetzt, basta!“, fand Diego.

„Das wird dann wohl nichts mit Weitschüssen“, sagte Bobby, während er sich zögerlich hinter Max an Fletscher vorbeischlich.

Aber Training auf engstem Raum war besser als gar keines.

Doch Tom rief die Jungs zurück. „Wartet mal! Wir können den Hund hier doch nicht einfach in der Kälte allein lassen!“

„Was denn sonst?“, fragte Max. „Willst du den etwa losmachen? Ich jedenfalls nicht!“

„Das ist doch Tierquälerei!“, protestierte Tom.

„Wenn du ihn losmachst, quält er *uns*!“, erwiderte Max. „Los, komm jetzt!“

Er wollte Tom den Ball zuschießen, rutschte dabei aber auf einer eisigen Stelle aus. Der Ball kullerte über den Platz – direkt vor Fletschers Schnauze.

„Oh nein!“, schrien die Haie entsetzt.

„Mist! Das war unser letzter Ball. Und jetzt?“, fragte Tim.

„Max hat ihn dorthin geschossen. Der muss ihn zurückholen!“, forderte Pedro, dessen Ball nun direkt zwischen Fletschers Vorderpfoten lag. Seltsamerweise aber tat Fletscher nichts, sondern wedelte nur mit dem Schwanz.

„Ich bin doch nicht lebensmüde!“, widersetzte sich Max.

„Schleich du dich ran, Uhuru!“, schlug Diego vor. „Du kommst doch aus Afrika. Deine Großeltern haben bestimmt noch mit Löwen gekämpft!“

Uhuru tippte sich an die Stirn. „Hast du ’nen Knall? Mein Opa hat Mathe studiert. Da gab’s keine Löwen. Deine Eltern haben ja auch keine Rinderzucht, bloß weil sie aus Argentinien kommen.“

„Stimmt“, gab Diego zu. „Und du, Juan. Irgendwelche Erfahrungen im Stierkampf?“

Juan drehte mit dem Zeigefinger vor seinem Kopf herum. Sollte heißen: Schraube locker?

„Mach du doch, Diego“, schlug Pedro vor. „Du hast die größte Klappe!“

Diego verstummte.

„Mehmet, du bist doch sonst der Mutigste“, sagte Dimitri.

Mehmet lächelte, unsicher, ob Bobby das ernst meinte oder ob er sich über ihn lustig machte.

„Okay!“, sagte er schließlich.

„Echt? Du trauscht dich?“ Zachi war beeindruckt.

Langsam, Schritt für Schritt, schlich Mehmet an Fletscher heran, der sich nicht rührte, sondern nur weiter mit dem Schwanz wedelte.

„Der freut sich!“, flüsterte Diego.

„Ja, aufs Beißen!“, glaubte Max.

„Wir geben dir Feuerschutz!“, versprach Uhuru.

Pedro schaute ihn an. „Feuerschutz?“

Uhuru formte einen Schneeball und hielt ihn grinsend Pedro entgegen.

„Gute Idee!“ Alle Haie bewaffneten sich sofort mit mehreren Schneebällen.

Mehmet war schon so nah, dass Fletscher ihn lässig hätte erreichen können – wenn er gewollt hätte. Doch noch immer lag er da, den Fußball vor seiner Schnauze, wedelte mit dem Schwanz und beobachtete sehr genau, was Mehmet da vor ihm veranstaltete.

Drei Schritte fehlten noch, dann konnte Mehmet den Ball erreichen.

Noch zwei.

Pedro schaute auf seine Haie. Außer Reichweite des Hundes hockten sie in einer Reihe. Jeder von ihnen hatte sich mindestens fünf Schneebälle zurechtgelegt. Wenn Fletscher sich auch nur regte, um Mehmet etwas anzutun, würde ein Trommelfeuer an Schneebällen auf ihn niederprasseln.

Mehmet streckte den Arm vor zum Ball. Noch ein paar Zentimeter …

Plötzlich stand Fletscher auf.

Mehmet erschrak so sehr, dass er rückwärts auf den Hintern fiel.

„Mist!“, rief er.

Das wiederum verstand Fletscher als Signal und stürzte sich auf Mehmet.

Mehmet sprang auf und rannte los.

„Attacke!“, brüllte Max.

Die Haie feuerten ihre Schneebälle ab.

Schon der erste traf. Aber nicht den Hund, sondern Mehmet. Genau auf den Oberschenkel. Mehmet strauchelte, stolperte aber, so schnell er konnte, aus der Reichweite der Bestie, während alle weiteren Schneebälle ihr Ziel verfehlten.

„Geschafft!“, keuchte er, als er sich neben den anderen Haien in den Schnee fallen ließ. „Was war denn das für ein lahmer Feuerschutz? Keiner hat getroffen!“

„Nächster Versuch! Wir lenken ihn alle ab, und du, Max, holst dir den Ball“, sagte Uhuru.

„Wieso denn ich?“, fragte Max.

„Du bist der Schnellste von uns!“, behauptete Uhuru.

„Okay“, seufzte Max. Mit ängstlichem Blick stellte er sich in Position.

„Jetzt!“, rief Uhuru.

Dimitri klatschte laut in die Hände.

Mehmet kroch auf allen vieren und bellte.

Juan hüpfte kreischend umher.

Bobby rannte am Rand, wo Fletscher nicht hinkam, den Platz auf und ab und rief: „Hier, Fletscher! Hier!“

Diego winkte mit ausgestreckten Armen und machte seltsame Laute.

Pedro tat so, als ob er Fressen für den Hund dabeihatte, und rief ihm zu: „Leckerli! Hier feines Leckerli!“

Tim und Tom rüttelten am Zaun.

Zachi fiel nichts ein, er rollte sich einfach durch den Schnee.

Und Dimitri stieß einen Tarzan-Schrei aus.

Aber Fletscher zeigte keinerlei Reaktion. Er bewegte nur seinen Kopf gemächlich hin und her. Der Ball lag immer noch zwischen seinen Vorderpfoten.

„Und nun?“, fragte Max.

Wieder schallte plötzlich ein Pfiff über den Platz.

Ulf und Porky standen am oberen Treppenabsatz.

Fletscher biss zu. Pfffffft!

Ulf und Porky drehten lachend ab.

„Hey!“, rief Tim ihnen hinterher. „Nehmt gefälligst euren Hund mit! Ihr könnt den doch nicht einfach hier allein lassen!“

Doch Ulf und Porky scherten sich nicht darum und verschwanden.

„Verdammt!“, schimpfte Tim. Er knetete schnell einen Schneeball zusammen und warf ihn den beiden hinterher, obwohl die schon längst nicht mehr zu sehen waren.

Plötzlich sprang Fletscher auf und schnappte danach.

Die Leine hielt ihn aber auf.

„Wir müssen uns um den Hund kümmern!“, sagte Tim.

„Witzbold, und wie?“, fragte Tom.

DIE VERTEIDIGUNGS-STRATEGIE

Eine ganze Zeitlang standen die Haie auf dem verschneiten Sparri zusammen und überlegten, wie sie Fletscher vom Platz wegbekamen. Nicht nur, um ungestört trainieren zu können, sondern auch, um dem Hund zu helfen. Denn offenbar hatten Ulf und Porky vor, das Tier bis zum Turnier jeden Tag nachmittags in der eisigen Kälte allein und angeleint dort als Wache sitzen zu lassen.

„Ich hab's", sagte Uhuru plötzlich und sprach die Zwillinge an: „Eure Eltern haben doch ein Gartenhäuschen in der Kolonie. Könnten wir Fletscher nicht dort unterbringen?"

„Hmmm?", überlegte Tim. „Keine schlechte Idee. Was meinst du, Tom?"

„Im Winter ist nie einer dort“, bestätigte Tom. „Wir könnten ihm Futter und Wasser bringen. Für ein oder zwei Tage müsste das gehen. Das darf aber niemand erfahren!“

„Und wie bekommen wir Fletscher in das Haus?“, fragte Dimitri. „Also, ich nehme den bestimmt nicht an die Leine!“

„Ich zeig's euch!“, sagte Uhuru. Er nahm einen Schneeball und warf ihn einige Meter an Fletscher vorbei. Fletscher sprang hoch und jagte dem Schneeball hinterher, bis seine Leine ihn stoppte. „So!“

„Hä?“, Mehmet verstand nicht. „Wie?“

„Wir spielen Schneeball-Schnappen. Das gefällt ihm. Seht ihr?“ Uhuru formte einen neuen Schneeball und warf ihn wieder in Fletschers Nähe. Fletscher schnappte zu. Diesmal erwischte er den Schneeball und zerbiss ihn.

„Wir werfen Schneebälle bis zu eurem Gartenhäuschen“, schlug Uhuru vor.

„So etwas nennt man wohl Schneeballsystem“, sagte Pedro lachend. „Gute Idee!“

„Ich hol ihm inzwischen was zu fressen und komme dann nach!“, sagte Uhuru und stieg aufs Rad.

„Trotschdem müschen wir Fletscher erscht mal loschbinden!“, wandte Zachi ein.

„Das machen Mehmet und ich“, bestimmte Pedro. „Du lenkst ihn mit Schneebällen ab, und ich mache ihn los. Jeder von euch macht sich fünf Schneebälle, dann verteilt ihr euch schon mal Richtung Schrebergärten. Immer zwanzig Meter Abstand.“

Mehmet ging direkt auf Fletscher zu, und Pedro schlich sich von hinten an ihn heran. Mehmet warf den ersten Schneeball, und Fletscher sprang hoch. Als er landete, packte Pedro das Halsband. Fletscher war vollkommen mit dem Schneeball beschäftigt, den er in seinem Maul zerbiss.

„Schnell, noch einen!“, rief Pedro. „Der Verschluss hakt.“

Mehmet rollte einen Schneeball vor Fletschers Schnauze.

Fletscher schnappte danach.

Pedro löste das Halsband. „JETZT!“, schrie er.

„Hol ihn, Fletscher!“, befahl Mehmet und warf einen Schneeball Richtung Ausgang vom Sparri.

Direkt vor Zachis Füße.

„Scheische!“, brüllte Zachi, als Fletscher im Höllentempo auf ihn zuraste.

„Wirf deinen Schneeball!“, rief Pedro ihm zu.

Doch in der Aufregung hatte Zachi seinen Ball in den Händen zermatscht. Er musste sich schnell einen neuen machen.

„Beeil dich!“, rief Pedro.

Fletscher war nur noch zehn Meter entfernt.

„Scheische! Scheische! Scheische!“, bibberte Zachi.

Noch fünf Meter.

Bei drei Metern warf Zachi endlich seinen Ball.

Fletscher schoss an ihm vorbei, um den neuen Schneeball zu bekommen.

„Puuuhh!“ Zachi sah erleichtert Richtung Himmel.

Die nächste Station war Diego. Es folgten Tim, dann Tom und immer so weiter bis zu Max.

Mehmet und Pedro und alle, die schon geworfen hatten, spurteten hinterher. Denn die Stationen reichten nicht. Sie mussten am Ende neue bilden.

Doch dann hatten sie endlich das Gartenhäuschen von Tim und Tom erreicht.

Tom holte schnell den Ersatzschlüssel, der unter dem Gartenzwerg mit der grünen Mütze versteckt war, und schloss die Hütte auf.

„Schnell rein“, sagte Max und warf den letzten Schneeball ins Häuschen.

Fletscher stürmte hinterher.

„Und jetzt Tür zu!“, rief Tom.

„Nein, warte!“ Tim lief ins Häuschen, stellte dem Hund eine Schüssel Wasser bereit und machte sogar eine kleine Heizung an. Dann kam er heraus und schloss die Tür. Sie hatten es geschafft. Fletscher saß in der Hütte fest.

In der Gartenhaussiedlung war es still, weit und breit war niemand zu sehen.

Das Häuschen war wirklich gemütlich. Eine bessere Hundehütte konnte Fletscher sich nicht wünschen, fand Pedro, als er durchs Fenster hineinsah.

In diesem Moment kam Uhuru auf seinem Fahrrad.

„Da bist du ja endlich, hattest du Probleme, uns zu finden?“, fragte Tom.

„Wieso? Das war doch kinderleicht! Immer den Spuren nach“, sagte Uhuru grinsend und streckte Tom eine Tüte Trockenfutter entgegen, der nun noch mal zu Fletscher reinmusste, um ihm das Futter zu geben.

„Ab sofort dürft ihr hier aber nicht mehr auftauchen!“, sagte Tim. „Wenn das hier irgendjemand mitbekommt, dann gute Nacht!“

„Wir versuchen alle paar Stunden unauffällig nach Fletscher zu schauen!“, sagte Tom, als er die Tür wieder verriegelte. „Das wird schon schwierig genug!“

„Aber wie willst du das hier verheimlichen?“, fragte Uhuru. „Unsere Fußspuren verraten doch alles!“

„Nicht, wenn wir gleich Schnee schippen!“, sagte Tim. Er ging hinters Haus und kam mit einem Schneeschieber und zwei Besen zurück.

Als sie zurück auf den Sparri kamen, stand Porky schon da, die Leine in der Hand.

„Wo ist Fletscher?“, fragte er.

Sein Gesicht war knallrot. Ob vor Kälte oder vor Zorn, konnte man nicht erkennen.

„Hä? Was fragst du uns das, Alter? Das ist doch dein Hund!“, antwortete Mehmet.

„Ich hau euch zu Brei!“, drohte Porky.

„Ach, gutes Stichwort!“, entgegnete Pedro. „Hast du deinem großen Bruder schon gesagt, dass sein Hund weg ist?“

Porky schnaubte wie ein wild gewordener Stier.

„ICH WILL WISSEN, WAS IHR MIT FLETSCHER GEMACHT HABT!“, schrie er.

„Gib doch einfach eine Vermisstenanzeige auf, vielleicht meldet sich jemand, der dir helfen kann!“, witzelte Diego.

Porky überlegte kurz, ob er sich mit allen Haien auf einmal anlegen oder sich lieber auf die Suche nach dem Hund machen sollte. Er entschied sich für das Letztere und zog los.

Als er weg war, sagte Juan: „Wir jetzt neuen Ball kaufen! Alle anderen kaputt!“

„Ja, los!“ Diego, Pedro und Mehmet wollten mit ihm gehen.

Das nächste Sportgeschäft lag nur drei U-Bahnstationen entfernt.

Zielstrebig liefen die vier in die Abteilung mit den Fußbällen. Juan konnte sein Glück kaum fassen. Er betrachtete den orangeroten Ball von allen Seiten. Er unterschied sich in nichts von dem, den er geschenkt bekommen hatte. Überglücklich bezahlte er ihn mit dem gesammelten Geld und stolzierte mit den anderen nach draußen.

„Trinken wir zusammen noch 'ne Limo?“, fragte Mehmet, als sie am ‚Dönerhimmel' angekommen waren.

Das brauchte Mehmet gar nicht zu fragen. Pedro mochte das Kommen und Gehen und das geschäftige Treiben in dem Imbiss von Mehmets Eltern. Bei ihm zu Hause war es immer still, meistens war niemand da, mit dem er sich hätte unterhalten können. Und um die Hausaufgaben konnte er sich später auch noch kümmern.

„Was macht *ihr* denn alle hier?“, fragte Mehmet erstaunt.

Die restlichen Fußball-Haie saßen in der hinteren Ecke an ihrem Lieblingstisch.

„Der hier hängt jetzt überall im Park!“ Bobby reichte Pedro einen Zettel.

„Schwarzer Bullterrier vermisst!“, las Pedro laut vor. „Finderlohn 200 Euro!“

„Finderlohn?“, sagte Mehmet und grinste. „Ich hätte da eine Idee …“

DAS ABLENKUNGSMANÖVER

Die Haie steckten verschwörerisch die Köpfe zusammen.

„Alter, das wäre der Hammer!“, sagte Mehmet.

Er senkte seine Stimme, sah sich nach allen Seiten um und flüsterte nur noch: „Wir haben Fletscher entführt und kassieren dann noch den Finderlohn!“

„Aber das fällt doch auf, wenn wir Fletscher abgeben. So blöd ist ja nicht mal Porky“, gab Tim zu bedenken.

„Wie wäre es, wenn meine Schwester zu Porkys Bruder geht?“, überlegte Mehmet. „Ich frage sie gleich.“

Die Fußball-Haie gingen im Gänsemarsch

hinter ihm her ins erste Obergeschoss. Die Familie wohnte direkt über dem ‚Dönerhimmel'.

„Was wollt ihr denn hier?", fragte Laura, als sie die Tür öffnete.

„Hallo, Schwesterchen", begrüßte Mehmet sie und betrat gemeinsam mit seinen Freunden den Flur. „Wir brauchen deine Hilfe. Es geht um einen schlimmen Fall von Tierquälerei!"

Mehmet machte sich schon auf den Weg in Lauras Zimmer.

„Stopp!", rief sie. „Alle Mann zuerst Schuhe ausziehen!"

Lauras Teppich sah aus wie das Fell eines Eisbären und war wunderbar weich. Die Jungs setzten sich auf den Boden.

Mehmet erklärte seiner Schwester blumig und dramatisch, worum es ging.

„Den Sparri mit einem Hund blockieren! Ihn einfach dort anleinen und dann abhauen?", sagte Laura. „So was ist total verboten!"

Sie zögerte keine Sekunde, sich als Finderin zu melden.

„Aber alle wissen doch, dass Mehmet dein Bruder ist! Und wenn sie Fletscher dann noch im Gartenhaus von Tim und Tom abholen sollen, dann glaubt doch niemand, dass du Fletscher irgendwo gefunden hast!“ wandte Dimitri ein.

„Wart's ab!“, sagte Laura. Sie rief die Nummer auf dem Zettel an.

Es meldete sich Porky. Laura stellte das Gespräch auf Lautsprecher.

„Hallo, hier ist Isabella Rosalina“, meldete Laura sich und erklärte, dass sie Fletscher gefunden habe.

Niemand verstand, warum sie ausgerechnet diesen Namen verwendete. Als Treffpunkt zur Übergabe verabredeten sie sich am hinteren Eingang zum Park, neben dem Fitnessstudio.

„Äh? Wie bekommen wir denn die Killerbestie zum Treffpunkt?“, sagte Diego.

„Gute Frage!“, fand Max. Ob der Trick mit dem Schneeballsystem noch einmal funktionieren würde?

Laura lachte. „Habt ihr etwa Schiss vor einem kleinen Bullterrier? Ich dachte, ihr wärt Haie und keine Fischstäbchen!“

Verlegen schauten die Haie sich an.

„Fletscher ist ziemlich wild und bissig, weißt du?“, verteidigte sich Diego.

„Ja, klar!“, kicherte Laura. „Ich mach das schon. Geht schon mal runter, ich komme gleich nach!“

„Ganz schön taff, deine Schwester!“, flüsterte Diego Mehmet im Treppenhaus zu.

„Klar“, antwortete Mehmet. „Ist ja auch *meine* Schwester.“

Als sie sich dem Gartenhäuschen näherten, war alles still. Niemand hätte vermutet, dass sich darin ein Bullterrier aufhielt.

„Ein Wunder, dass der so ruhig ist!“, sagte

Tom und steckte den Schlüssel ins Schloss. Im selben Moment ging ein tosendes Gebell los. Fletscher sprang von der anderen Seite an die Tür. „Mist, bestimmt hat er noch Hunger."

Tom stieß die Tür auf.

Fletscher raste aus dem Haus und sprang an Laura hoch, die er noch nicht kannte.

„Ja, feines Hündchen!", lobte Laura ihn. Schnell holte sie eine zusammengeknüllte Alufolie aus der Tasche hervor, öffnete sie und hielt Fletscher ein Stück Fleisch vor die Nase. „Praktisch, wenn die Eltern einen Imbiss besitzen, nicht wahr, Fletscher? Jetzt sind wir Freunde, oder?"

Der Hund ließ es sich schmecken.

Da er keine Leine mehr hatte, suchte Laura ein passendes Band in dem Haus und band es Fletscher geschickt um den Hals, so dass ihm genügend Luft blieb.

Pünktlich um 16 Uhr wartete Laura dann mit

dem Hund auf Porky. Die Fußball-Haie hielten sich versteckt im Hintergrund.

„Achtung, da kommt er“, sagte Laura und zeigte auf den heranstapfenden Porky.

Bei Laura angekommen, hielt Porky dem Hund einen Kauknochen entgegen.

Fletscher zog wie verrückt an der Leine.

„Sitz!“, befahl Laura. Sie reichte ihm noch ein bisschen Fleisch. Viel besser als der Kauknochen, fand Fletscher, und fraß genüsslich.

„Bist du nicht Mehmets Schwester?“, fragte Porky und wollte die Leine an sich nehmen. „Dachte ich mir doch, dass die Haie dahinterstecken!“

„Spinnst du?!“, sagte Laura und schubste Porky heftig von sich weg. „Du kannst froh sein, dass du die Zettel ausgehängt hast. Sonst hätte ich ihn ins Tierheim gebracht!“

„Tierheim?“ Porky verzog das Gesicht. Er dachte ängstlich an seinen großen Bruder.

„Klar! Und Anzeige hätte ich auch erstattet. Wegen Tierquälerei! Der Hund hätte erfrieren können!“, schnauzte Laura ihn an.

„Ist ja schon gut“, sagte Porky und griff erneut zur Leine.

Wieder stieß Laura ihn weg.

„Erst den Finderlohn!“ Laura hielt ihm die Hand hin.

„Vergiss es! Die Haie haben Fletscher entführt“, empörte sich Porky. „Dafür zahle ich doch nicht!“

„Wie du willst“, erwiderte Laura. „Dann bring ich den Hund eben zu deinem Bruder und erzähle ihm, was du mit Fletscher gemacht hast.“

Porky machte ein weinerliches Gesicht. „Bitte, kein Wort zu meinem Bruder!“

Laura streckte ihm noch entschiedener die Hand entgegen.

Widerwillig zog Porky vier Fünfzigeuroscheine aus der Tasche und reichte sie Laura.

„Und wehe, ich sehe den Hund noch mal allein auf dem Platz angeleint!“, warnte ihn Laura.

Porky schüttelte den Kopf.

„Und kein Ball wird mehr zerstört!“

Porky schüttelte erneut den Kopf.

„Wenn irgendetwas in dieser Richtung passiert, bin ich sofort bei deinem Bruder!“, drohte Laura. „Okay, Hundchen! Dann pass mal gut auf dein Herrchen auf. Tschüüüß.“ Sie lächelte Fletscher an und übergab Porky die Leine.

Porky zog mit hängendem Kopf ab. Als er außer Sichtweite war, kamen die Haie hervor.

„Klasse gemacht!“, lobte Mehmet.

„Möchte wissen, wo der zweihundert Euro herhat“, fragte sich Pedro.

Laura zuckte mit den Schultern. „Weiß ich auch nicht, aber bestimmt nicht von seinem Bruder. Das war ein teures Vergnügen für ihn.“

Im gleichen Moment gingen die Straßenlampen an. Es wurde langsam dunkel.

„Mit dem hier können wir noch fast eine Stunde spielen!“ Juan hielt seinen neuen, leuchtenden Winterball in die Höhe.

Laura überreichte Mehmet das Geld. „Hier, für ein paar neue Bälle!“

Mehmet gab ihr fünfzig Euro zurück. „Für deine tolle Hilfe! Oder, Jungs?“

„Jaaaa!“, riefen alle.

Laura bedankte sich und wollte gehen.

Doch Mehmet hielt sie zurück: „Willst du vielleicht mitspielen?“

Alle schauten ihn verwundert an. Das hatte Mehmet seiner Schwester noch nie vorgeschlagen. Überhaupt war Mehmet immer strikt dagegen, dass Mädchen mitspielten. Allerdings hatte auch noch nie ein Mädchen gefragt.

„Nein, vielen Dank!“, lehnte Laura ab. „Ich hab etwas viel Besseres vor!“ Sie wedelte den Jungs mit dem Fünfzigeuroschein zu.

„Und wir gehen nachher noch ein paar Bälle einkaufen!“, rief Mehmet. „Oder?“

„Juan schlägt vor, dass jeder, der etwas von seinem Taschengeld gespendet hat, es vorher zurückbekommen soll“, übersetzte Diego.

Alle waren sofort einverstanden. Neben Pedro hatten noch Tim, Tom und Bobby Geld für neue Bälle aus ihren Spardosen geopfert. Jetzt bekamen sie ihr Geld zurück. Der Rest reichte immer noch für neue Ersatzbälle. Es mussten ja keine teuren Winterbälle sein.

„Aber vorher spielen wir noch eine Runde“, schlug Max vor.

Auch darin waren sich die Haie einig. Ihnen blieben zwar nur noch drei Tage bis zum großen Winter-Turnier. Aber der Plan der Knödel, sie mit Fletscher vom Sparri zu vertreiben, war nicht aufgegangen. Die Haie konnten ungestört trainieren, bis es endlich losging.

* * *

Das Turnier fand an der ‚Panke' statt. Der Schnee auf dem Platz war auf die Seite geschippt worden. Während sich die Spieler untereinander begrüßten, dachte Pedro daran, dass genau auf diesem Bolzplatz auch Kevin-Prince und Jérôme Boateng als Kinder gespielt hatten. Pedro hatte Jérôme sogar schon mal persönlich kennengelernt.

Trotzdem war er etwas enttäuscht. Denn er konnte seinen Trainer nirgends entdecken. Aber auch die Knödel fehlten. Seltsam.

„Laufen die Knödel etwa gar nicht auf?", fragte er die anderen. Sonst ließen die Knödel keine Gelegenheit aus, um ihre Stärke zu zeigen.

Tom wollte es genau wissen und erkundigte sich beim Turnierleiter.

„Die haben sich zu spät angemeldet! Die Teilnehmerliste war schon voll!", erklärte er, als er zurückkam.

„Hahaha!“, lachte Max. „Was für ein Pech!“

„Wahrscheinlich fürchten Ulf und Porky sich vor dem da“, witzelte Pedro und zeigte in die Richtung, aus der er jetzt endlich seinen Trainer kommen sah. Nun bekam Pedro doch noch seine Chance, sich mit seinen Fußball-Haien zu präsentieren!

Und das gelang ihm gut. Obwohl sie es mit einigen schwierigen Gegnern zu tun bekamen, konnte er mit vielen geschickten Spielzügen zeigen, dass er den Blick für das ganze Team hatte. Auch die taktische Idee der Fußball-Haie ging auf. Sogar die stärksten Gegner wurden von ihren platzierten Fernschüssen überrascht. Nur ein Gegner besiegte die Haie dennoch, wenn auch nur mit Glück.

Ihr letztes Spiel war das schwerste. Dem Führungstor der Gegner folgte jeweils das Ausgleichstor der Haie. Ein Spiel auf Augenhöhe. Bis zum 4:4. Die Schlussphase begann.

Mitten im Spiel zuckten plötzlich alle zusammen!

Da … das …Wie war das möglich?

Wieder rannte ein schwarzer Hund aufs Feld und stürzte sich zielsicher auf den Ball.

„Nicht schon wieder! Verdammt!", fluchte Pedro und steckte den Ball schnell unter sein Trikot.

Der Vereinstrainer der Rot-Weißen hetzte quer über den Platz hinter dem Hund her! Er fuchtelte mit den Armen, schimpfte und rief nach dem Hund, der wohl Luca hieß.

„Oh nein!", jammerte Pedros Gegenspieler, der im Verein bei den Rot-Weißen spielte. „Luca reißt regelmäßig aus, sobald unser Trainer mal nicht aufpasst und die Leine zu locker lässt!"

„Wir hatten mal ein ähnliches Problem", deutete Pedro an.

„Luca! Luca, kommst du wohl hierher!?", rief der Trainer.

Das ganze Publikum lachte. Denn Luca fand nun Gefallen daran, mit seinem Herrchen Fangen zu spielen.

Zachi formte blitzschnell mit dem restlichen Schnee am Spielfeldrand einen Ball und warf ihn zu dem Mann.

Luca reagierte genauso wie Fletscher. Er jagte der weißen Kugel hinterher und bekam sie erst direkt vor den Füßen seines Herrchens zu fassen, der schnell reagierte und sich die Leine schnappte.

Das Publikum klatschte Beifall.

„Tolle Idee!“ lobte der Trainer Zachi.

„Ja!“, grinste Zachi ihn an. „Die ist mir ganz spontan gekommen.“

Alle Haie lachten.

„Erklär ich dir später“, versprach Pedro seinem Gegenspieler.

Endlich konnte das Spiel fortgesetzt werden. Es blieb bis zum Schluss ausgeglichen und spannend. Es waren nur noch wenige Minuten zu spielen.

Pedro suchte Juan, der sich freigelaufen hatte. Sein Pass gelang perfekt, der Ball landete direkt vor Juans Füßen, der die Vorlage volley nahm und das Siegtor erzielte! Mit seinem perfekten Weitschuss sicherten sich die Fußball-Haie einen guten dritten Platz. Stolz nahmen sie ihre Bronzemedaillen entgegen.

„Im nächsten Spiel im Verein bist du wieder von Anfang an dabei!“, versprach Pedros Trainer ihm nach der Siegerehrung.

„Yeeeeah!“, jubelte Pedro und streckte seine Medaille in die Luft, die in der Wintersonne glitzerte.

CRISTIANO RONALDO

Geburtstag: 05.02.1985

Geburtsort: Funchal, Portugal

Größe: 1,86 m

Position: Außenstürmer

Verein: Real Madrid

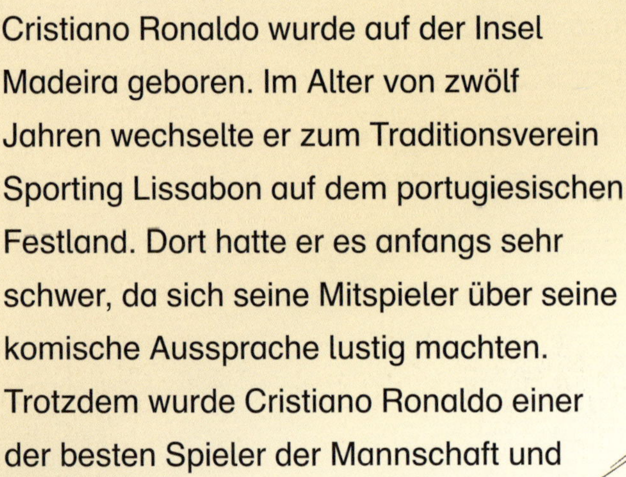

Cristiano Ronaldo wurde auf der Insel Madeira geboren. Im Alter von zwölf Jahren wechselte er zum Traditionsverein Sporting Lissabon auf dem portugiesischen Festland. Dort hatte er es anfangs sehr schwer, da sich seine Mitspieler über seine komische Aussprache lustig machten. Trotzdem wurde Cristiano Ronaldo einer der besten Spieler der Mannschaft und wechselte schon im Alter von 18 Jahren zu Manchester United und später zu Real Madrid. Heute ist er einer der besten Spieler der Welt. Es wurde sogar ein Flughafen nach ihm benannt.

Besondere Fähigkeiten:

- schnell, beidfüßig, kopfballstark und sehr trickreich
- gefährlicher Freistoßschütze

Größte Erfolge:

- Champions-League-Sieger mit Manchester United 2008 und mit Real Madrid 2014, 2016 und 2017
- mehrere Meisterschaften und Pokalsiege mit Manchester United und Real Madrid
- Weltfußballer des Jahres 2008, 2013, 2014, 2016 und 2017
- Europameister 2016 mit Portugal

LESERÄTSEL

1. Gegen welchen Verein macht Pedros Mannschaft ein Freundschaftsspiel?

   P: FC Berlin

   B: SC Grün

2. Wie heißt der Hund, der die Bälle der Fußball-Haie frisst?

   O: Fletscher

   A: Beißer

3. Welche Taktik haben sich die Haie für das Turnier überlegt?
   B: Weitschüsse
   R: Konter

4. Und mit welcher Taktik locken sie den Hund in das Gartenhäuschen?
   E: Zachi-Jagen
   B: Schneeball-Schnappen

5. Welchen Platz machen die Fußball-Haie beim Winter-Turnier?
   Y: Drei
   Z: Zwei

Lösungswort:

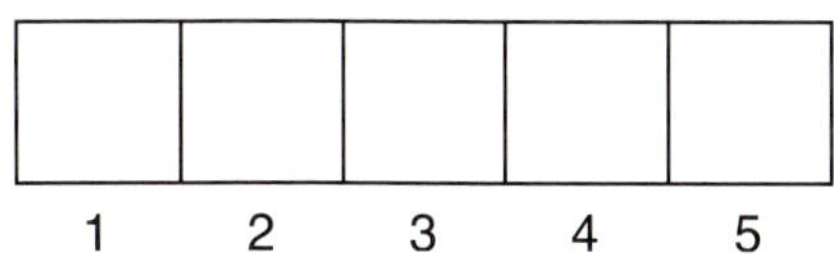

Hast du das Lösungswort gefunden? Dann schreibe es auf eine Postkarte und schicke sie an uns oder sende uns eine E-Mail. Unter allen Einsendern verlosen wir jeden Monat tolle Buchpakete!

S. Fischer Verlag
Fußball
Hedderichstraße 114
60596 Frankfurt am Main
superhelden@fischerverlage.de

WIE WÜRDEST DU ENTSCHEIDEN?

Hier sind zwei Fragen zum Nachdenken für dich!

1. War es richtig von den Fußball-Haien, den Hund zu entführen?

2. Fällt dir noch eine andere Möglichkeit ein, wie die Haie in Ruhe auf dem Platz hätten trainieren können?

DAS KLEINE FUSSBALL-LEXIKON

Kick and rush: Heißt übersetzt „Schießen und rennen". Bei dieser Taktik wird der Ball hoch und weit aus der eigenen Abwehr nach vorne gespielt. Dort lauert ein kopfballstarker Stürmer, der entweder selbst den Torabschluss sucht oder den Ball zu einem seiner schnell nachrückenden Mitspieler passt. Diese Taktik war lange Zeit vor allem in England beliebt, gilt heute aber als etwas veraltet.

Spielmacher: Der Spielmacher einer Mannschaft spielt im zentralen offensiven Mittelfeld. Er ist für die Ballverteilung zuständig, ist aber auch selbst torgefährlich. Spielmacher müssen sehr kreativ sein und über eine gute Technik verfügen, um auch in Bedrängnis kluge und gefährliche Pässe nach vorne spielen zu können. Außerdem sind Spielmacher meistens auch sehr gute Freistoßschützen.

Volley: Beim Volleyschuss wird der Ball direkt aus der Luft gepasst oder geschossen, ohne dass er vorher den Boden berührt.

ZEICHNE DEINEN LIEBLINGSSPIELER!

Trage den Namen und den Verein deines Lieblingsspielers ein und zeichne ihn auf die rechte Seite!

Trenne danach die Seite vorsichtig heraus. Jetzt kannst du sie sammeln und in dein persönliches Fußball-Album kleben, sie verschenken oder in deinem Zimmer aufhängen!

Name: ______________________________

Verein: ______________________________

Die Fußball-Haie

Fußball-Haie: Spieler gesucht!
ISBN 978-3-596-85633-6

Fußball-Haie: Das große Turnier
ISBN 978-3-596-85634-3

Fußball-Haie: Ein Team startet durch
ISBN 978-3-596-85635-0

Fußball-Haie: Kampf um den Bolzplatz
ISBN 978-3-596-85636-7

Fußball-Haie: Spiel mit Biss
ISBN 978-3-7373-5199-7

Fußball-Haie: Duell im Fußballcamp
ISBN 978-3-7373-5200-0